乐山大佛
LESHÁN

RÍO ZAMBEZE

Foto de Rod Ruth

SIBERIA
Сибирь

LASC

EL ATLÁNTICO

ALASKA
Kootznoowoo

MEX

FOSA DE IAS MAR

San Lorenzo OLMEC

BRASIL

Mis qu
¡Este lugar
hermoso!
creer lo
visto. Enviaré
fotos pronto.

¡El Buda de Leshán
es mágico! Nunca
había visto
tan

enormes,
enas jorobadas,
odo tipo de vida
aje realmente inceíble.
simplemente hermoso!

brazo gran
ntan

hermosa
lo que
é
Cariños de
El Capitán

CAMBOYA

La Habana CUBA

¡ Prometo que
vivieros
una aventura juntos
la próxima vez,
que vaya a casa!

Te quiero
El Capitán

VIRUNGA
PARQUE NACIONAL
CONGO

AUSTRALIA

GUINEA

PARQUE NACIONAL
BIG BEND

LOS FARALLONES

Mis queridas:
Regreso a casa.
Creo que esta
fue mi último
aventura.

Nos vemos pronto,
El Capitán

ANTÁRTIDA

日本 Arco de Soto

Para mis padres y LB: las aventuras más grandes
se comparten con los seres queridos.

Originally published in English by Arthur A. Levine Books,
an imprint of Scholastic Inc., as *The Greatest Adventure*

Translated by Abel Berriz

Copyright © 2018 by Tony Piedra
Translation copyright © 2019 by Scholastic Inc.

ISBN 978-1-338-56598-0

10 9 8 7 6 5 4   21 22 23

Printed in U.S.A. 40
First Spanish printing 2019

The art for this book was made using a Wacom Cintiq
and Adobe Photoshop plus handmade textures.

Book design by Charles Kreloff

Eliot era un gran aventurero.

Tras la lluvia,
navegaba en alta mar.

Y, a la sombra,
seguía el rastro de bestias salvajes.

Pero, justo cuando la cosa se ponía buena...

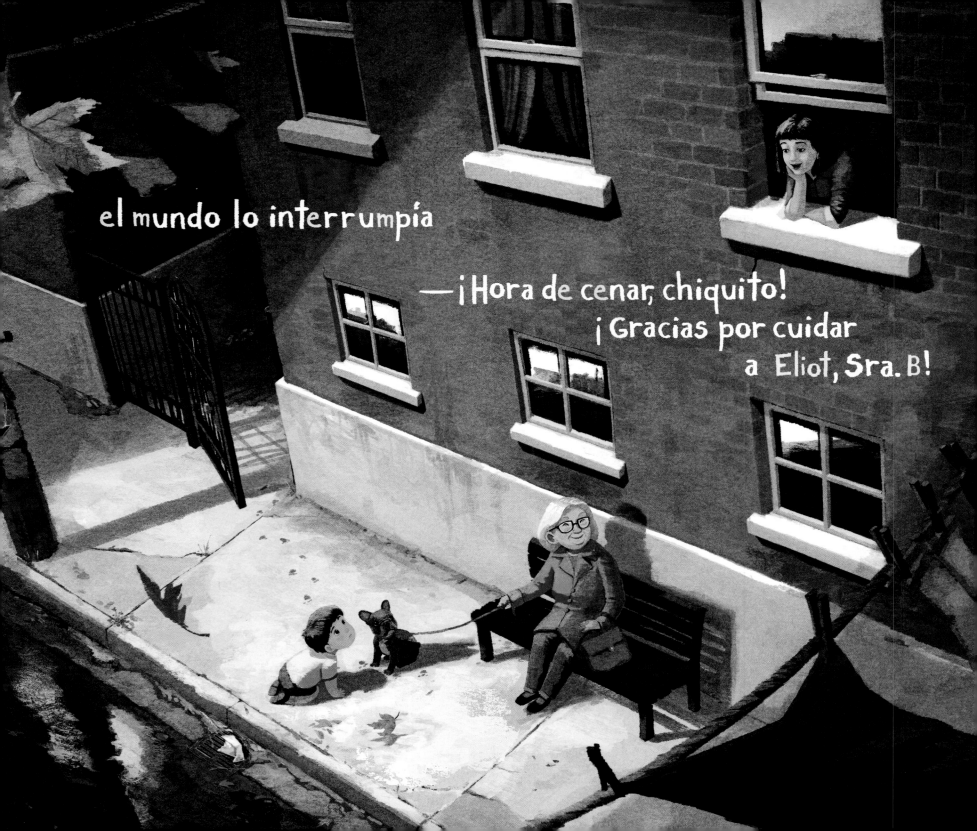

y sus aventuras se terminaban.

Eliot quería algo de verdad.

Un día, llegó a casa El Capitán, el abuelo de Eliot.

El Capitán le contó a Eliot historias sobre aventuras reales a bordo de su barco, el *Hispaniola*...

cruzando ríos selváticos

Y navegando por mares oscuros y profundos,

Eliot estaba encantado.

Y, a la mañana siguiente, también estaba listo
para tener una aventura real.

Así que El Capitán llevó a Eliot
a pasear por la jungla de la
ciudad en busca de una aventura.

Descubrieron gigantes de concreto.

Acecharon a un dragón de papel.

Fueron tragados por un mar de plástico.

Pero Eliot no veía selvas.
No veía tiburones ni ballenas.
No veía aventuras reales por ninguna parte.

—¡Podríamos buscar tu barco! —dijo Eliot de pronto.

El Capitán exhaló un suspiro.
—*No podemos, mijito...*
Te mostraré por qué.

— Está viejo y roto.

Pero Eliot estaba seguro de que, con un poco de trabajo, el barco se podía arreglar.

—Podemos usar esto para mantener
fuera a los tiburones.

—También necesitará una buena ancla.

—¿Y tal vez un nuevo nombre?
Piensa en algo pegajoso.

—¿Sabes? Tal vez el barco también necesita un nuevo capitán.

—¿Estás listo para buscar una aventura?

Y lo que hallaron
no pudo ser más real.

FOTO DEL AUTOR DE DON BUI

Tony Piedra

ha estado buscando aventuras desde que fue capaz de sostener un crayón. Ha nadado con tiburones, conocido osos salvajes y navegado hasta la luna (sin soltar el mismo crayón). Entre una aventura y otra, ha trabajado en los estudios de animación Pixar construyendo mundos en 3-D para películas como *Coco*, *Up* e *Inside Out*. La Sociedad de Autores e Ilustradores de Libros para Niños (SCBWI, por sus siglas en inglés) le otorgó el premio honorífico a la mejor carpeta en su conferencia anual de verano de 2014. Tony vive ahora con su familia en Los Ángeles, donde escribe e ilustra libros para niños. *La aventura más grande* es su primer libro para niños. Puedes visitarlo en la red en tonypiedrastudio.com.